$2495

34505

MEXICA

USING ELECTRICITY

Series Editor, Nick Montfort

Using Electricity is a series of computer generated books, meant to reward reading in conventional and unconventional ways. The series title takes a line from the computer generated poem "A House of Dust," developed by Alison Knowles with James Tenney in 1967. This work, a FORTRAN computer program and a significant early generator of poetic text, combines different lines to produce descriptions of houses.

Using Electricity es una serie de libros generados por computadora, destinados a incentivar lecturas convencionales y no convencionales. El título de la serie proviene de una línea del poema generado por computadora "A House of Dust", desarrollado en 1967 por Alison Knowles y James Tenney. Este trabajo, un programa desarrollado en FORTRAN pionero entre los generadores de texto poético combina diversos versos para producir descripciones de casas.

Nick Montfort, *The Truelist*

Rafael Pérez y Pérez, *Mexica: 20 Years–20 Stories* [*Mexica: 20 años–20 historias*]

Allison Parrish, *Articulations*

RAFAEL PÉREZ Y PÉREZ

MEXICA

20 Years–20 Stories
20 años–20 historias

with a preface by D. Fox Harrell

Counterpath
Denver
2017

Counterpath
Denver, Colorado
www.counterpathpress.org

www.rafaelperezyperez.com

ISBN 978-1-93-399664-6

Library of Congress Cataloging in Publication Data
is available from the Library of Congress.

A Susana, mi compañera de vida y cómplice de aventuras
[To Susana, my life partner and accomplice of adventures]

A mi padre, mi gran ejemplo en la vida
[To my father, my great example in life]

PREFACE

by D. Fox Harrell

There was a clamor. It was familiar. The popping of embers. The scraping of sharp metal against the concrete and asphalt. And the voices bellowing, cacophonic in pitch, but unison in words, chants ringing forth. "The computer," they raged, "only does what you tell it to do!" "But some of the content is prewritten by the programmer," they frothed. "But understanding whether a story is creative or not is a subjective matter," they seethed. "Will it put human authors out of business?" they wailed.

The grizzled leader of the Association for Computational Creativity pinched back his drapes, peeked out over the sea of pitchforks and torches, and prepared himself mentally to give his usual speech.

He ordered the talking points in his mind:

> A computer must indeed be programmed by a human, but some tasks are so complex we cannot tell a computer to do it directly. We give the computer the data and rules it needs to solve a problem, create a plan, or accomplish a task, but

the computer executes the procedure to construct the actual solution, steps of the plan, or actions to complete the task. These specific solutions, plans, and actions did not come directly from the human programmer. So, when we program a computer to tell a creative story, the research aims to provide the system with some data (say lore about an ancient culture) and rules (for instance, "a conflict exists when two characters have opposing goals"), then have the system output stories that fulfill some criteria for creativity and are not prewritten by the programmer.

But lo! – before he could step out onto his balcony and clear his throat to begin his lifesaving speech, his eye flitted to the corner. Around the bend another group began to leak out. Carrying candles and picket signs, this new group sang in unison. Their voices swelled, rising above, and quieting down, the mob. They sang: "Can a computer inspire us?" "Must computers always express the voice of the colonizer – could a computer instead express the voices of sovereign indigenous peoples, the oppressed, and the otherwise underrepresented?" "Could a computer surprise us with its novelty?" "Can the computer only imitate existing forms, could it instead innovate new styles or genres?"

(They were eloquent protestors.)

He now stepped out onto his balcony. His defiant presence alone, in an atmosphere rendered inhospitable with threat, quieted the two crowds. After a pause, with fiery eyes he began to speak.

Toward the first group, he plaintively roared:

You call yourselves "The Humanist Thrall," but look at me

well. Am I not a humanist myself? I'm a humanist and a computer scientist, the two can be one. I am a seeker of answers, "what makes a story interesting?" "What makes a story novel?" "What makes a story creative – both in its content and as it relates to stories from times of yore?" These are my questions! Just as we both have blood in our veins that bleeds red when spilled, we both have these questions in our minds. It is no crime, no miscegenation that cast me both humanist and engineer, and MEXICA as both storyteller and computer program! Just plain humanistic love birthed us, for if we were not the same type of love there would not have been generations of like offspring: TALE-SPIN, Minstrel, BRUTUS, Curveship, my own sweet MEXICA, and so many others. Progeny of their ilk play with blocks, paint, make music, and tell stories, but most importantly they reflect us humans. They enable us to think about how we do things and why we do them. They need us. *We* determine what is interesting, calling them successes or failures. And in doing so, we learn about what is interesting to us, what is novel to us, and what is creative to us, whether a computer plays a role in its production or not.

And to the second group, with welcome questions more seldom spoken, he bellowed:

To you I say: yes! Why should generation of coherent responses by a computer be limited to imperatives such as "find a good restaurant near me" or queries the likes of "How do I get home from here?" The insights gained from computational story generation research could go further, enabling us to say to a computer "find me a story from today's paper that I'd find interesting" and get a good response. But let's not stop there. I say, push your questions further! Like surrealists writing automatically, without preplanning, or like the novelist William Burroughs cutting up text and rearranging it to inspire himself by new juxtapositions, could a computer push us to think in new creative ways? **Computational story generators can be creativity support tools.** It has been argued that computer science is all to often implicitly grounded in European cultural traditions of thought such as Platonic rationalism and Cartesian dualism. Could not computing research be grounded in diverse cultural values and bodies of knowledge more globally? **Creative computational systems, including story generators, can exhibit cross-cultural innovation by being grounded in a plurality of cultures.** What new types of story can emerge when a computer is deployed as a creative tool?" **Computational story generators can create output of types that a human alone never would.** Could a computer's stories surprise us with their coherences and idiosyncrasies alike? **Computational story generators can result in new forms of narrative.** Within that space of what humans never would do without computers, I've been long searching for a few splendid, inhabitable sets of words. Onward, I say, onward!

And he had been, for twenty years and counting he'd been questing onward.

His words still echoing, their quelling effect spread. One by one, slowly at first – then faster, pitchforks were lowered, torches doused, candles snuffed, and picket signs turned down. A spontaneous new melody burst forth. A single vocalist sang out a call, the two chorus chanted back harmonized responses "*20 años – 20 historias!*" sang the vocalist, "*20 years - 20 stories*," the chorus. "And beyond..." "Y más allá]..."

The pages that follow chronicle the twenty years of brave, pathbreaking research that sparked the clamor at the heart of this tale. Now, onward to you too reader, and at the end I implore you to decide which was the righteous crowd, and then cast your own judgment upon the grand quest of our protagonist.

PREFACIO

D. Fox Harrell

Hubo un clamor. Era familiar. El estallido de las brasas. El rechinar de metal afilado contra el hormigón y el asfalto. Y las voces bramando, cacofónicas en tono, pero unísonas en palabras, cantos resonantes. La computadora – gritaban con furia – ¡sólo hace lo que le pides que haga! Parte del contenido está previamente escrito por el programador – exclamaban rabiosos –. Comprender si una historia es creativa o no es una cuestión subjetiva – decían–. ¿Dejará a los autores humanos fuera del negocio? – se lamentaron.

El canoso líder de la Asociación para la Creatividad Computacional se restregó las ropas, echó un vistazo al mar de horcas y antorchas, y se preparó mentalmente para pronunciar su habitual discurso.

Ordenó en su mente los puntos a discutir:

—Una computadora debe ser programada por un humano, pero algunas tareas son tan complejas que no podemos pedirle directamente a una máquina que las haga. Damos a la computadora los datos y las reglas que necesita para resolver un problema, crear un plan o realizar un quehacer, pero es ella quien ejecuta el procedimiento para construir la solución, los pasos del plan o las acciones para completar el trabajo. Estas soluciones, planes y acciones específicas no vinieron directamente del programador humano. Por lo tanto, cuando programamos una computadora para contar una historia creativa, la investigación tiene como objetivo proporcionar al sistema algunos datos (por ejemplo, saberes sobre una cultura antigua) y reglas ("existe un conflicto cuando dos personajes tienen objetivos opuestos"); entonces, lo que produce el sistema son historias que cumplen con ciertos criterios característicos de los productos creativos y las cuales no son previamente escritas por el programador.

Pero ¡oh! – antes de que pudiera salir a su balcón y aclararse la garganta para comenzar su discurso salvador, su ojo se posó en la esquina. Alrededor de la curva otra multitud comenzó a arribar. Este nuevo grupo, llevando velas y pancartas de protesta, cantó al unísono. Sus voces se hincharon, elevándose y callando a la multitud. Ellos coreaban: "¿Puede una computadora inspirarnos? Las computadoras siempre expresan la voz del colonizador – ¿en su lugar podrían expresar las voces de los pueblos indígenas soberanos, las de los oprimidos y las de los que de otro modo carecerían de una representación? ¿Podría una computadora sorprendernos con su novedad? ¿Es la computadora solamente capaz de imitar formas existentes o podría en su lugar innovar nuevos estilos o géneros?"

(Eran elocuentes.)

Él salió a su balcón. Su sola presencia desafiante, en una atmósfera que se transformaba en hostil y amenazante, calmó a las dos muchedumbres. Después de una pausa, con ojos ardientes, comenzó a hablar.

Hacia el primer grupo, rugió llanamente:

—Ustedes se autodenominan "los encantados por las humanidades" pero mírenme bien. ¿No soy yo mismo un humanista? Soy un humanista y un científico informático, los dos pueden ser uno. Soy un buscador de respuestas: ¿qué hace que una historia sea interesante? ¿Qué hace a una historia novedosa? ¿Qué hace que una historia sea creativa – tanto en su contenido como en relación con historias de tiempos pasados? ¡Éstos son mis cuestionamientos! Así como ambos tenemos sangre en nuestras venas que chorrea en rojo cuando se derrama, ambos tenemos estas preguntas en nuestras mentes. ¡No es un crimen, o una transgresión, que me considere tanto un humanista como un ingeniero, y que a MEXICA lo considere tanto un narrador como un programa de computadora! El simple amor por las humanidades nos hizo existir, porque si no compartiéramos el mismo tipo de amor no hubiera habido generaciones de descendientes tan afines: TALE-SPIN, Minstrel, BRUTUS, Curveship, mi dulce MEXICA y tantos otros. La progenie de su tipo juega con bloques, pinta, hace música y cuenta historias, pero — lo más importante—, es que nos refleja a los seres humanos. Nos permite pensar en cómo hacemos las cosas y por qué las hacemos. Nos necesitan. *Nosotros* determinamos lo que es interesante, llamándolos éxitos o fracasos. Y al hacerlo, aprendemos lo que es interesante para nosotros, lo que es nuevo para nosotros, y lo que es creativo para nosotros, independientemente de si una computadora juega un papel en su producción o no.

Y al segundo grupo, con preguntas sugestivas excepcionalmente enunciadas, les expuso:

—A ustedes les digo: ¡sí! ¿Por qué debe restringirse la generación de respuestas coherentes de una computadora a imperativos tales como "encuentra un buen restaurante cerca de mí" o a preguntas del tipo "cómo puedo llegar a casa desde aquí"? Los conocimientos obtenidos a través de la investigación en producción automática de historias podrían ir más allá, permitiéndonos solicitarle a una máquina que "encuentre un relato interesante en el periódico de hoy" y obtener una respuesta adecuada. Pero no nos detengamos ahí. ¡Los exhorto, lleven sus preguntas más lejos! Al igual que los surrealistas que escriben de forma automática, sin planificación alguna, o al igual que el novelista William Burroughs, quien recortaba textos y los reordenaba para inspirarse en nuevas yuxtaposiciones, ¿podría una computadora empujarnos a pensar de nuevas maneras creativas? **Los generadores de historias computacionales pueden ser herramientas de apoyo a la creatividad.** Se ha argumentado que la informática está implícitamente fundamentada en tradiciones de pensamiento europeas como el racionalismo platónico y el dualismo cartesiano. ¿No podría la investigación informática cimentarse en valores culturales diversos y formas de conocimiento

> más globales? **Los sistemas computacionales creativos, incluyendo los generadores de historias, pueden innovar desde una perspectiva multicultural si éstos están basados en una pluralidad de saberes.** ¿Qué nuevos tipos de historias pueden surgir cuando una computadora se emplea como herramienta creativa? **Los generadores computacionales de historias pueden crear productos del tipo que un ser humano nunca haría solo.** ¿Podrán las historias de una computadora sorprendernos por su coherencia e idiosincrasia por igual? **Los sistemas automáticos productores de relatos pueden dar lugar a nuevas formas de narrativas.** Dentro de ese territorio en donde los seres humanos nunca harían algo sin la ayuda de las computadoras, por largo tiempo he estado buscando conjuntos de palabras que sean espléndidos y habitables. ¡Adelante, lo digo, adelante!

Y había estado durante veinte años, y contando, había estado buscando.

Sus palabras todavía resonaban, su efecto calmante se extendía. Uno a uno, lentamente al principio, luego más rápido, las horcas se bajaron, las antorchas se extinguieron, las velas se apagaron y las pancartas de protesta fueron retiradas. Una nueva melodía espontánea estalló. Un vocalista hizo el llamado, los dos coros respondieron armonizados: *20 years – 20 stories!* – cantó el vocalista –, 20 años – 20 historias – respondió el coro –. Y más allá... *And beyond...*

Las páginas que siguen relatan los veinte años de una valiente investigación de vanguardia que provocó el clamor descrito en este cuento. Ahora, le digo a usted también, lector, ¡adelante!, y al final le imploro decidir cuál era la muchedumbre justa, y después haga su propio juicio sobre la gran búsqueda de nuestro protagonista.

MEXICA

STORY 1

The jaguar knight and the princess were good friends.

The lady and the princess were good friends.

The princess adored the jaguar knight. She just could not help it and she fell in love with him.

The jaguar knight and the princess were very attracted to each other.

That day, the jaguar knight found the princess irresistible. He was in love.

The competition between the lady and the jaguar knight had reached levels of a strong animosity.

Without hesitating, the lady harmed the jaguar knight.

The princess felt passion and odium towards the lady.

The jaguar knight used tepezcohuite, the magic plant, to cure his injuries.

Angry, the jaguar knight attacked the lady.

The jaguar knight produced in the princess conflicting feelings.

Without delay, the lady decided to protect herself and went into hiding near the Popocatépetl volcano.

The end.

CUENTO 1

El caballero ocelote y la princesa tenían una profunda amistad.

La doncella y la princesa tenían una profunda amistad.

La princesa se enamoró del caballero ocelote. ¡Él era hermoso!

El coqueteo entre el caballero ocelote y la princesa era evidente para todos alrededor.

Aunque luchó por evitarlo, finalmente el corazón del caballero ocelote se rindió a los encantos que la princesa exhibía.

La añeja competencia entre la doncella y el caballero ocelote alcanzó niveles alarmantes.

Con su puñal la doncella hirió al caballero ocelote.

La princesa sentía amor y odio hacia la doncella.

El caballero ocelote tomó la poción que había preparado y mejoró rápidamente.

El caballero ocelote golpeó a la doncella.

La princesa sentía compasión y desprecio por el caballero ocelote

A toda velocidad la doncella se ocultó en el Popocatépetl.

Fin.

STORY 2

The jaguar knight was the proud father of the princess.

Driven by avarice, the enemy held the princess hostage. He expected to get some ransom.

The jaguar knight knew that the gods were expecting that he would save the princess!

Suddenly, the jaguar knight bumped into the enemy. They were surprised!

The princess was angry and insulted the enemy.

The jaguar knight struck the enemy furiously.

With all his strength, the enemy hurt the jaguar knight.

The princess used tepezcohuite, the magic plant, to cure the jaguar knight. He was grateful!

Suddenly, the jaguar knight and the enemy were involved in a violent fight.

The jaguar knight felt a deep hatred for the enemy. Invoking Huitzilopochtli, god of the war, the jaguar knight cut the enemy's jugular.

The jaguar knight freed the princess. She will never forget this!

The end.

CUENTO 2

El caballero ocelote era el padre de la princesa.

Como parte de una confabulación el enemigo secuestró a la princesa y planeaba matarla al anochecer.

El caballero ocelote sabía que los dioses esperaban que él liberara a la princesa.

De repente, el caballero ocelote se topó con el enemigo. ¡Él no lo podía creer!

Molesta, la princesa humilló al enemigo.

El caballero ocelote observó al enemigo y lo atacó.

Decidido, el enemigo tomó una piedra grande y descalabró al caballero ocelote.

La princesa le administró al caballero ocelote la poción que había preparado. Él mejoró rápidamente.

Repentinamente, el caballero ocelote y el enemigo se enzarzaron en una dura riña.

Sin dudarlo, el caballero ocelote le quitó hasta el último aliento de vida al enemigo.

El caballero ocelote cortó las ataduras de la princesa. ¡Libre al fin!

Fin.

STORY 3

The princess woke up while the songs of the birds covered the sky.

That day the jaguar knight's heart was full of energy.

The farmer was a proud native of the Great Tenochtitlán City.

When the jaguar knight realized that the princess had feelings for the farmer, he freaked out!

The jaguar knight struck the princess furiously.

Instantly, the princess and the jaguar knight started to punch each other.

With all his strength, the jaguar knight hurt the princess.

In order to save her life the princess decided to hide.

The princess decided to go to the palace.

The princess used tepezcohuite, the magic plant, to cure her injuries.

The end.

CUENTO 3

Mientras la princesa despertaba, los cantos de las aves se escuchaban en los alrededores.

Para el caballero ocelote saberse un mexica era un gran honor y una gran responsabilidad.

El agricultor se sentía orgulloso de vivir en la Gran Tenochtitlán.

El caballero ocelote, al entender que la princesa sentía una gran atracción por el agricultor, se molestó con ella.

Al caballero ocelote le hirvió la sangre y se abalanzó hacia la princesa.

Repentinamente, la princesa y el caballero ocelote se enzarzaron en una dura riña.

Con gran fuerza, el caballero ocelote lesionó seriamente a la princesa.

La princesa debía escapar rápidamente si quería evitar que el caballero ocelote la asesinara.

La princesa decidió ir al palacio.

La princesa tomó la poción que había preparado y mejoró rápidamente.

Fin.

STORY 4

The jaguar knight felt a strong attraction for the princess.

The princess liked the jaguar knight.

They could not help it: the jaguar knight and the princess fell in love with each other.

The mutual feelings between the warrior and the princess were evident to everyone.

They could not help it: the warrior and the princess fell in love with each other.

The warrior felt betrayed when he learned that the princess and the jaguar knight were in love. How could they do this to him?

The warrior felt passion and odium towards the princess.

The jaguar knight got so disappointed when he realized that the princess also had feelings towards the warrior.

Clearly, the jaguar knight did not expect the princess' behavior.

As a result of the jaguar knight's accusations, the princess was sent to prison.

The jaguar knight produced in the princess conflicting feelings.

Without hesitation the jaguar knight resolved to punish the warrior by sending him to the uncivilized lands.

The princess had the opportunity and escaped.

The princess decided to go to the Tlatelolco market.

The princess was angry and insulted the jaguar knight.

In only a moment, the princess and the jaguar knight were punching furiously at each other.

The princess felt a deep hatred for the jaguar knight. Invoking Huitzilopochtli, god of the war, the princess cut the jaguar knight's jugular.

The warrior decided to go to the Tlatelolco market.

The warrior observed the princess carefully. Then, he attacked her.

The warrior produced in the princess conflicting feelings.

The princess wounded the warrior's head with a rock.

The warrior made a potion that the warrior drank. He started to recover.

Without delay, the princess decided to protect herself and went into hiding near the Popocatépetl volcano.

The end.

CUENTO 4

El caballero ocelote sentía una gran atracción hacia la princesa.

La princesa sintió un innegable afecto por el caballero ocelote.

No lo pudieron evitar: el caballero ocelote y la princesa se enamoraron.

Era claro que tanto el guerrero como la princesa sentían un gran deseo el uno por el otro.

No lo pudieron evitar: el guerrero y la princesa se enamoraron.

El guerrero se sintió traicionado por la princesa cuando se enteró que ella también amaba al caballero ocelote. ¿Cómo pudieron hacerle esto?

El guerrero sentía amor y odio hacia la princesa.

El caballero ocelote quedó muy decepcionado del amor cuando se dio cuenta que la princesa también tenía fuertes sentimientos hacia el guerrero. ¡No estaba dispuesto a compartirla!

El caballero ocelote se preguntó por qué la princesa se comportaba así.

El caballero ocelote envió a la princesa a prisión para darle una lección. Ahora él tenía un nuevo enemigo.

La princesa sentía emociones opuestas hacia el caballero ocelote.

El caballero ocelote estaba furioso y logró que el guerrero fuera confinado en las tierras salvajes del norte.

La princesa logró escapar.

La princesa decidió trasladarse al mercado de Tlatelolco.

La princesa no se pudo contener y ofendió al caballero ocelote.

Repentinamente, la princesa y el caballero ocelote se enzarzaron en una dura riña.

La princesa tomó su daga y atravesó el corazón del caballero ocelote mientras Tonatiuh, dios del sol, desaparecía en el horizonte.

El guerrero decidió trasladarse al mercado de Tlatelolco.

El guerrero arremetió contra la princesa.

La princesa sentía compasión y desprecio por el guerrero

Con un movimiento rápido la princesa hirió al guerrero.

Las heridas del guerrero eran serias. Usando tepezcohuite logró curarse.

Sin perder tiempo la princesa se escabulló hacia el Popocatépetl.

Fin.

STORY 5

That day the princess' heart was full of energy.

Some years ago, the lady was born under the protection of the great god Huitzilopochtli.

The princess enchanted the lady with her personality. Sadly, she enjoyed belittling the lady.

The lady felt passion and odium towards the princess.

The lady recompensed the princess with quetzal feathers.

The lady was unable to accept that the princess did not love her.

In that moment the lady was not able to understand the princess' conduct.

The lady was angry and insulted the princess.

Without thinking about it the lady charged against the princess.

The lady produced in the princess conflicting feelings.

In only a moment, the princess and the lady were punching furiously at each other.

Striking quickly, the princess injured the lady.

The lady treated her own injuries.

The lady was confused and was not sure if what she had done was right.

Hurriedly, the princess ran off to the Popocatépetl volcano.

The end.

CUENTO 5

Aquella mañana, mientras la Gran Ciudad de Tenochtitlán volvía a la vida, la princesa contemplaba su grandeza.

Aquel día la doncella se sentía llena de energía.

La princesa había cautivado a la doncella, a pesar de que la princesa la maltrataba.

La doncella sentía amor y odio hacia la princesa.

La doncella remuneró a la princesa con granos de cacao.

La doncella no podía aceptar que la princesa no le correspondiera a su amor.

Para la doncella el comportamiento de la princesa era incomprensible.

Molesta, la doncella humilló a la princesa.

La doncella arremetió contra la princesa.

La princesa sentía compasión y desprecio por la doncella.

De repente, la princesa y la doncella comenzaron a pelearse.

Decidida, la princesa tomó una piedra grande y descalabró a la doncella.

La doncella sanó sus propias heridas.

La doncella se sentía confundida y dudaba si había hecho lo correcto.

Apresuradamente, la princesa se escondió en el Popocatépetl.

Fin.

STORY 6

The eagle knight, the warrior and the jaguar knight were good friends.

That day, the warrior found the jaguar knight irresistible. He was in love.

The jaguar knight and the warrior flirted with each other openly.

The jaguar knight was impressed by the warrior and he fell in love with him.

While they were walking, an old tree fell on the warrior and the eagle knight.

The jaguar knight decided that he had to help the eagle knight.

The jaguar knight knew that the warrior could die and that he had to do something about it.

The jaguar knight went to find some medicinal plants and cured both the warrior and the eagle knight. They were very grateful.

The eagle knight adored the jaguar knight. He just could not help it and he fell in love with him.

When the warrior realized that the eagle knight had feelings for the jaguar knight, he freaked out!

The warrior insulted the eagle knight because he was irritated with him.

The jaguar knight felt passion and odium towards the warrior.

Instantly, the warrior and the eagle knight started to punch each other.

The warrior produced in the eagle knight conflicting feelings.

The eagle knight produced in the warrior conflicting feelings.

Without mercy, the warrior took the eagle knight's life.

The jaguar knight struck the warrior furiously.

The jaguar knight produced in the warrior conflicting feelings.

The warrior wounded the jaguar knight's head with a rock.

The jaguar knight made a potion and drank it quickly. He started to recover.

In that moment the warrior was not able to understand the jaguar knight's conduct.

The jaguar knight was confused and was not sure if what he had done was right.

Hurriedly, the warrior ran off to the Popocatépetl volcano.

The end.

CUENTO 6

El caballero águila, el guerrero y el caballero ocelote eran amigos muy cercanos.

El guerrero estaba tan impresionado con el caballero ocelote que le fue imposible no enamorarse de él.

El caballero ocelote y el guerrero sentían una gran atracción.

Aunque se resistía, el caballero ocelote sucumbió a las maravillas del guerrero, ¿quién no caería?

Mientras paseaban, el guerrero y el caballero águila se accidentaron.

La muerte rondaba al caballero águila pero el caballero ocelote se prometió hacer lo imposible por ayudarlo.

El caballero ocelote sabía que la vida del guerrero dependía de él. ¡Había que salvarlo!

El caballero ocelote fue en busca de algunas plantas medicinales y curó tanto al guerrero como al caballero águila. Claramente estaban en deuda con él.

Aunque luchó por evitarlo, finalmente el corazón del caballero águila se rindió a los encantos que el caballero ocelote exhibía.

El guerrero se sintió amenazado cuando se dio cuenta que el caballero águila estaba enamorado del caballero ocelote.

El guerrero se sintió encolerizado hacia el caballero águila y lo insultó.

El caballero ocelote sentía pasión y rencor por el guerrero.

De pronto, el guerrero y el caballero águila comenzaron a asestarse puñetazos.

El caballero águila sentía compasión y desprecio por el guerrero.

El guerrero sentía emociones opuestas hacia el caballero águila.

Invocando a Huitzilopochtli, dios de la guerra, el guerrero tomó del cuello al caballero águila y le cortó la yugular.

El caballero ocelote observó al guerrero y lo atacó.

El guerrero sentía emociones opuestas hacia el caballero ocelote.

Con un movimiento rápido el guerrero hirió al caballero ocelote.

Las heridas del caballero ocelote eran serias. Usando tepezcohuite logró curarse.

El guerrero se preguntó por qué el caballero ocelote se comportaba así.

El caballero ocelote se sintió perturbado por su propio comportamiento.

Sin perder tiempo el guerrero se escabulló hacia el Popocatépetl.

Fin.

STORY 7

That day the warrior's heart was full of energy.

The eagle knight was a proud native of the Great Tenochtitlán City.

A bad spirit took the warrior's soul, leading the warrior to get intensely jealous of the eagle knight.

The warrior threatened the eagle knight to kill him. He decided to hide in the Popocatépetl volcano.

This was enough! The eagle knight went to look for the warrior in order to confront him.

The eagle knight observed the warrior carefully. Then, he attacked him.

The warrior insulted the eagle knight because he was irritated with him.

In only a moment, the warrior and the eagle knight were punching furiously at each other.

Enraged, the eagle knight provoked and offended the warrior.

Striking quickly, the warrior injured the eagle knight.

The eagle knight treated his own injuries.

Quickly, the warrior ran away towards the Popocatépetl volcano.

CUENTO 7

Hace algunos años el guerrero nació bajo la protección del gran dios Huitzilopochtli.

Aquella mañana, mientras la Gran Ciudad de Tenochtitlán volvía a la vida, el caballero águila contemplaba su grandeza.

El guerrero sintió una gran envidia por el caballero águila.

El guerrero amenazó de muerte al caballero águila. Inmediatamente, el caballero águila se fue a esconder al Popocatépetl.

La molestia del caballero águila lo llevó a buscar al guerrero y pedirle cuentas.

Al caballero águila le hirvió la sangre y se abalanzó hacia el guerrero.

Irritado, el guerrero insultó al caballero águila.

De pronto, el guerrero y el caballero águila comenzaron a asestarse puñetazos.

El caballero águila no se pudo contener y ofendió al guerrero.

Con gran fuerza, el guerrero lesionó seriamente al caballero águila.

El caballero águila sanó sus propias heridas.

Rápidamente, el guerrero huyó hacia el Popocatépetl.

STORY 8

The warrior enchanted the eagle knight with his personality. Sadly, he enjoyed belittling the eagle knight.

Although he knew that the eagle knight's life was in danger, the warrior decided not to assist him.

The warrior decided to go to the Great Tenochtitlán City.

By coincidence the warrior met the eagle knight. He was shocked!

The warrior could not help it and he humiliated the eagle knight.

The eagle knight loved and hated the warrior.

The eagle knight observed the warrior carefully. Then, he attacked him.

Suddenly, the warrior and the eagle knight were involved in a violent fight.

Without hesitating, the eagle knight harmed the warrior.

The eagle knight decided to go to the Chapultepec forest.

The warrior treated his own injuries.

The end.

CUENTO 8

El guerrero había cautivado al caballero águila, a pesar de que el guerrero lo maltrataba.

El caballero águila estaba muy grave. El guerrero decidió dejarlo morir.

El guerrero decidió ir a la Gran Tenochtitlán.

El guerrero se tropezó con el caballero águila. ¡Qué sorpresa!

El guerrero estaba irritado con el caballero águila y lo insultó.

El caballero águila sentía amor y odio hacia el guerrero.

El caballero águila golpeó al guerrero.

De pronto, el guerrero y el caballero águila comenzaron a asestarse puñetazos.

Con su puñal el caballero águila hirió al guerrero.

El caballero águila decidió ir al bosque de Chapultepec.

El guerrero tomó la poción que había preparado y mejoró rápidamente.

Fin.

STORY 9

The jaguar knight opened his eyes while Tonatiuh, the god of the sun, started to cross the blue sky.

The lady was proud to be a member of the Mexica's society.

Some years ago, the princess was born under the protection of the great god Huitzilopochtli.

A hungry puma wounded the jaguar knight and the princess.

The lady went to find some medicinal plants and cured both the jaguar knight and the princess. They were very grateful.

The princess was impressed by the lady and she fell in love with her.

The lady and the princess were good friends.

The lady appreciated the princess' friendship. Why did the princess fall in love with her? The lady was mad!

The desire that the lady felt for the jaguar knight was reciprocal.

They could not help it: the lady and the jaguar knight fell in love with each other.

When the princess found out that the jaguar knight had feelings for the lady, she got really irritated with the jaguar knight.

The princess insulted the jaguar knight because she was irritated with him.

Instantly, the princess and the jaguar knight started to punch each other.

The jaguar knight realized that the princess could kill him at once. He had to run away.

The jaguar knight decided to go to the Tlatelolco market.

The end.

CUENTO 9

Para el caballero ocelote saberse un mexica era un gran honor y una gran responsabilidad.

La doncella se sentía orgullosa de vivir en la Gran Tenochtitlán.

Cuando Tonatiuh, el dios del sol, se asomó en el horizonte, la princesa despertó.

Un puma hambriento hirió al caballero ocelote y a la princesa.

La doncella fue en busca de algunas plantas medicinales y curó tanto al caballero ocelote como a la princesa. Claramente estaban en deuda con ella.

La doncella impresionó tanto a la princesa que le fue imposible no enamorarse de ella.

La doncella y la princesa tenían una profunda amistad.

La doncella valoraba enormemente la amistad de la princesa. ¿Por qué la princesa se había enamorado de ella? ¡La doncella estaba asustada!

El coqueteo entre la doncella y el caballero ocelote era evidente para todos alrededor.

No lo pudieron evitar: la doncella y el caballero ocelote se enamoraron.

La princesa se sintió amenazada cuando se dio cuenta que el caballero ocelote estaba enamorado de la doncella.

La princesa no se pudo contener y ofendió al caballero ocelote.

Repentinamente, la princesa y el caballero ocelote se encontraron inmersos en una dura riña.

El caballero ocelote se dio cuenta que en cualquier momento la princesa podía eliminarlo fácilmente. ¡Era urgente escabullirse de ahí!

El caballero ocelote decidió trasladarse al mercado de Tlatelolco.

Fin.

STORY 10

The jaguar knight was a proud native of the Great Tenochtitlán City.

The lady opened her eyes while Tonatiuh, the god of the sun, started to cross the blue sky.

The feelings between the jaguar knight and the lady were those of hated adversaries.

Instantly, the jaguar knight and the lady started to punch each other.

The jaguar knight felt guilty for all the things that he had done to the lady.

Violently, the lady wounded the jaguar knight.

The jaguar knight made a potion and drank it quickly. He started to recover.

The jaguar knight was confused and was not sure if what he had done was right.

The jaguar knight realized that the lady could kill him at once. He had to run away.

The jaguar knight decided to go to the Texcoco lake.

The end.

CUENTO 10

Aquel día el caballero ocelote se sentía lleno de energía.

La doncella se sentía orgullosa de vivir en la Gran Tenochtitlán.

La hostilidad entre el caballero ocelote y la doncella era notoria.

De repente, el caballero ocelote y la doncella comenzaron a pelearse.

El caballero ocelote sintió un gran remordimiento por su comportamiento hacia la doncella.

Iracunda, la doncella apuñaló al caballero ocelote.

Las heridas del caballero ocelote eran serias. Usando tepezcohuite logró curarse.

El caballero ocelote se reprochaba a sí mismo la incoherencia de su conducta.

La doncella tenía acorralado al caballero ocelote. Para salvar su vida él debía esconderse.

El caballero ocelote decidió dirigirse hacia el lago de Texcoco.

Fin.

STORY 11

The eagle knight was a proud native of the Great Tenochtitlán City.

The lady opened her eyes while Tonatiuh, the god of the sun, started to cross the blue sky.

That day the slave's heart was full of energy.

A bad spirit took the slave's soul, leading the slave to get intensely jealous of the eagle knight. The slave hated the eagle knight.

Furious, the slave injured the eagle knight.

The slave was aware that the eagle knight hated him. He had to escape.

The slave decided to go to the Quetzalcóatl temple.

The lady used tepezcohuite, the magic plant, to cure the eagle knight. He was grateful!

The eagle knight was impressed by the lady and he fell in love with her.

The end.

CUENTO 11

Cuando Tonatiuh, el dios del sol, se asomó en el horizonte, el caballero águila despertó.

Hace algunos años la doncella nació bajo la protección del gran dios Huitzilopochtli.

Aquella mañana, mientras la Gran Ciudad de Tenochtitlán volvía a la vida, el esclavo contemplaba su grandeza.

La envidia corroía al esclavo quien cada vez despreciaba más al caballero águila.

Furioso, el esclavo produjo serias lesiones al caballero águila.

El caballero águila tenía un gran resentimiento hacia el esclavo. Por ello, en ese momento el esclavo determinó huir.

El esclavo decidió caminar hacia el templo de Quetzalcóatl.

La doncella le administró al caballero águila la poción que había preparado. Él mejoró rápidamente.

El caballero águila se enamoró de la doncella. ¡Ella era hermosa!

Fin.

STORY 12

The eagle knight opened his eyes while Tonatiuh, the god of the sun, started to cross the blue sky.

That day the lady's heart was full of energy.

The princess was a proud native of the Great Tenochtitlán City.

The competition between the princess and the eagle knight had reached levels of a strong animosity.

Quickly, the princess and the eagle knight were immersed in a fight.

The lady was able to stop the fight between the eagle knight and the princess.

The princess felt guilty for all the things that she had done to the eagle knight.

The eagle knight realized that the princess could kill him at once. He had to run away.

The eagle knight decided to go to the Chapultepec forest.

The end.

CUENTO 12

Mientras el caballero águila despertaba, los cantos de las aves se escuchaban en los alrededores.

Para la doncella saberse un mexica era un gran honor y una gran responsabilidad.

La princesa se sentía orgullosa de vivir en la Gran Tenochtitlán.

La hostilidad entre la princesa y el caballero águila era notoria.

De repente, la princesa y el caballero águila comenzaron a pelearse.

La doncella se interpuso y logró detener la riña entre el caballero águila y la princesa.

La princesa sintió un gran remordimiento por su comportamiento hacia el caballero águila.

El caballero águila debía escapar rápidamente si quería evitar que la princesa lo asesinara.

El caballero águila decidió ir al bosque de Chapultepec.

Fin.

STORY 13

The lady was captivated by the princess' charm. On the other hand, the princess despised the lady.

The lady expected something different from the princess. So, the lady got angry with her.

The lady loved and hated the princess.

The lady tried to intimidate the princess with a weapon but instead she wounded herself.

The lady made a potion and drank it quickly. She started to recover.

The princess threatened the lady to kill her. She decided to hide in the Popocatépetl volcano.

The end.

CUENTO 13

La doncella estaba hechizada por el carisma de la princesa aun cuando ella la menospreciaba.

La princesa pensaba que la molestia de la doncella era exagerada lo que causó que la doncella se hartara de ella.

La doncella sentía pasión y rencor por la princesa.

La doncella trató de amedrentar a la princesa con su daga cuando accidentalmente ella misma se hirió.

La doncella sanó sus propias heridas.

La princesa amenazó de muerte a la doncella. Inmediatamente, la doncella se fue a esconder al Popocatépetl.

Fin.

STORY 14

The princess woke up while the songs of the birds covered the sky.

The jaguar knight was a proud native of the Great Tenochtitlán City.

Against her will, the jaguar knight made an effort to kiss the princess.

The princess tried to deceive the jaguar knight by feigning that she was going to kill him but instead the princess hurt herself.

Because of the jaguar knight's bitterness, he planned to let the princess die.

Instantly, the jaguar knight and the princess started to punch each other.

The princess treated her own injuries.

Quickly, the princess ran away towards the Popocatépetl volcano.

The end.

CUENTO 14

Hace algunos años la princesa nació bajo la protección del gran dios Huitzilopochtli.

Aquella mañana, mientras la Gran Ciudad de Tenochtitlán volvía a la vida, el caballero ocelote contemplaba su grandeza.

El caballero ocelote trató de acariciar a la princesa, quien inmediatamente expresó su enojo.

La princesa se lastimó gravemente al pretender atemorizar al caballero ocelote con un puñal.

La princesa estaba muy grave. El caballero ocelote decidió dejarla morir.

Súbitamente, el caballero ocelote y la princesa iniciaron una ruda pelea.

La princesa sanó sus propias heridas. Ella logró reponerse.

Rápidamente, la princesa huyó hacia el Popocatépetl.

Fin.

STORY 15

As part of a conspiracy, the eagle knight took the lady hostage, planning to kill her.

The lady could not help it and she humiliated the eagle knight.

Striking quickly, the eagle knight injured the lady.

Angry, the lady attacked the eagle knight.

Fiercely, the lady hurt the eagle knight.

The lady made a potion and drank it quickly. She started to recover.

The eagle knight went to find some medicinal plants and cured himself.

The eagle knight went to Texcoco Lake.

Quietly, the lady was able to escape.

The end.

CUENTO 15

Como parte de una confabulación el caballero águila secuestró la doncella y planeaba matarla al anochecer.

La doncella se sintió encolerizada hacia el caballero águila y lo insultó.

Decidido, el caballero águila tomó una piedra grande y descalabró a la doncella.

La doncella golpeó al caballero águila.

Enojada, la doncella hirió al caballero águila.

Las heridas de la doncella eran serias. Usando tepezcohuite las curó.

El caballero águila tomó la poción que había preparado. Él mejoró rápidamente.

El caballero águila se dirigió hacia el lago de Texcoco.

La doncella consiguió desatar las cuerdas que la sujetaban. ¡Era libre!

Fin.

STORY 16

The princess was proud to be a member of the Mexica's society.

Some years ago, the jaguar knight was born under the protection of the great god Huitzilopochtli.

The princess was spellbound by the jaguar knight's attractiveness, even when the jaguar knight scorned her.

The princess loved and hated the jaguar knight.

The princess was unable to accept that the jaguar knight did not love her.

In that instant the princess wondered why the jaguar knight was acting in this way.

While trying to frighten the jaguar knight with a sudden strike, the princess injured herself.

Because of the jaguar knight's bitterness, he planned to let the princess die.

The princess used tepezcohuite, the magic plant, to cure her injuries.

The princess insulted the jaguar knight because she was irritated with him.

Endlessly the princess reproached herself for her incongruous behavior.

Without thinking about it the jaguar knight charged against the princess.

Striking quickly, the jaguar knight injured the princess.

The princess treated her own injuries.

In order to save her life the princess decided to hide.

Quickly, the princess ran away towards the Popocatépetl volcano.

The end.

CUENTO 16

Aquella mañana, mientras la Gran Ciudad de Tenochtitlán volvía a la vida, la princesa contemplaba su grandeza.

Aquel día el caballero ocelote se sentía lleno de energía.

La princesa se sentía deslumbrada por el caballero ocelote. Sin embargo, él trataba despectivamente a la princesa.

La princesa sentía pasión y rencor por el caballero ocelote.

Cuando la princesa comprendió que el caballero ocelote no la amaba, ella se disgustó mucho.

La princesa se preguntó por qué el caballero ocelote se comportaba así.

La princesa trató de amedrentar al caballero ocelote con su daga cuando accidentalmente ella misma se hirió.

A pesar de la gravedad de la situación, el caballero ocelote se rehusó a curar las heridas de la princesa.

Las heridas de la princesa eran serias. Usando tepezcohuite logró curarse.

La princesa estaba irritada con el caballero ocelote y lo insultó.

La princesa se sintió perturbada por su propio comportamiento.

El caballero ocelote golpeó a la princesa.

Con gran fuerza, el caballero ocelote lesionó seriamente a la princesa.

La princesa tomó la poción que había preparado y mejoró rápidamente.

La princesa sabía que el caballero ocelote podía matarla por lo que optó por escapar de ahí.

A toda velocidad la princesa se ocultó en el Popocatépetl.

Fin.

STORY 17

The princess woke up while the songs of the birds covered the sky.

The jaguar knight was proud to be a member of the Mexica's society.

Some years ago, the eagle knight was born under the protection of the great god Huitzilopochtli.

The princess and the eagle knight wanted to inflict vengeance on the jaguar knight, so they unjustly accused him of betrayal.

Fiercely, the jaguar knight hurt the princess.

The eagle knight went to find some medicinal plants and cured the princess. She was lucky.

The jaguar knight was aware that the princess hated him. He had to escape.

The jaguar knight decided to go to the Popocatépetl volcano.

The end.

CUENTO 17

Para la princesa saberse un mexica era un gran honor y una gran responsabilidad.

Aquella mañana, mientras la Gran Ciudad de Tenochtitlán volvía a la vida, el caballero ocelote contemplaba su grandeza.

Aquel día el caballero águila se sentía lleno de energía.

La princesa y el caballero águila acusaron falsamente al caballero ocelote ante los sacerdotes.

Enojado, el caballero ocelote hirió a la princesa.

El caballero águila le administró a la princesa la poción que había preparado. Ella mejoró rápidamente.

La princesa tenía un gran resentimiento hacia el caballero ocelote. Por ello, en ese momento el caballero ocelote determinó huir.

El caballero ocelote decidió partir rumbo al Popocatépetl.

Fin.

STORY 18

Some years ago, the princess was born under the protection of the great god Huitzilopochtli.

The lady was proud to be a member of the Mexica's society.

While she was walking, the princess had a terrible accident and was severely injured.

The lady treated the princess' injuries.

The princess remunerated the lady for all of her help.

Unexpectedly, the lady saw that the princess had the sacred knife that was stolen from the temple. So, there was no doubt: she was the murderer of the old priest!

The princess produced in the lady conflicting feelings.

After consulting a shaman the lady decided to exile the princess.

The lady produced in the princess conflicting feelings.

The princess decided to go to the Great Tenochtitlán City.

Enraged, the princess provoked and offended the lady.

Quickly, the princess and the lady were immersed in a fight.

With all her strength, the lady hurt the princess.

The princess made a potion and drank it quickly. She started to recover.

Endlessly the princess reproached herself for her incongruous behavior.

The princess decided to go to the Quetzalcóatl temple.

The end.

CUENTO 18

Mientras la princesa despertaba, los cantos de las aves se escuchaban en los alrededores.

Aquel día la doncella se sentía llena de energía.

Cuando Ehécatl, el dios del viento, sopló con fuerza cayó un viejo árbol hiriendo a la princesa seriamente.

La doncella sanó las heridas de la princesa y así ella logró reponerse.

La princesa remuneró a la doncella con granos de cacao.

Inesperadamente, la doncella reconoció el tatuaje que ella tenía en el brazo. ¡Era claro que la princesa participó en la muerte del padre de la doncella!

La doncella sentía emociones opuestas hacia la princesa.

Siguiendo el consejo del chamán la doncella decidió desterrar a la princesa y enviarla a las tierras salvajes del norte.

La princesa sentía compasión y desprecio por la doncella

La princesa decidió ir a la Gran Tenochtitlán.

La princesa se sintió encolerizada hacia la doncella y la insultó.

De repente, la princesa y la doncella comenzaron a pelearse.

Con su puñal la doncella hirió a la princesa.

La princesa sanó sus propias heridas.

La princesa se sintió perturbada por su propio comportamiento.

La princesa decidió caminar hacia el templo de Quetzalcóatl.

Fin.

STORY 19

The princess was a proud native of the Great Tenochtitlán City.

The lady opened her eyes while Tonatiuh, the god of the sun, started to cross the blue sky.

The princess enchanted the lady with her personality. Sadly, she enjoyed belittling the lady.

The lady felt passion and odium towards the princess.

The princess did not love the lady in the same way she did. The lady felt frustrated!

Clearly, the lady did not expect the princess' behavior.

Enraged, the lady provoked and offended the princess.

The princess was angry and insulted the lady.

The lady threatened the princess with a dagger. She hide in the Popocatépetl volcano.

The lady decided to go to the Popocatépetl volcano.

The lady observed the princess carefully. Then, she attacked her.

Quickly, the princess and the lady were immersed in a fight.

With all her strength, the princess hurt the lady.

Striking quickly, the lady injured the princess.

The princess knew that the lady could kill her, so she decided to run away.

The princess decided to go to the Great Tenochtitlán City.

The princess used tepezcohuite, the magic plant, to cure her injuries.

The lady treated her own injuries.

The lady was confused and was not sure if what she had done was right.

The end.

CUENTO 19

Aquella mañana, mientras la Gran Ciudad de Tenochtitlán volvía a la vida, la princesa contemplaba su grandeza.

Aquel día la doncella se sentía llena de energía.

La doncella se sentía deslumbrada por la princesa. Sin embargo, ella trataba despectivamente a la doncella.

La doncella sentía pasión y rencor por la princesa.

La doncella no podía aceptar que la princesa no le correspondiera a su amor.

La doncella simplemente no podía entender lo que le ocurría a la princesa.

Irritada, la doncella insultó a la princesa.

La princesa se sintió encolerizada hacia la doncella y la insultó.

La doncella se acercó a la princesa y la amenazó con una daga. La princesa decidió esconderse por un tiempo en el Popocatépetl.

La doncella decidió partir rumbo al Popocatépetl.

La doncella arremetió contra la princesa.

De repente, la princesa y la doncella comenzaron a pelearse.

Decidida, la princesa tomó una piedra grande y descalabró a la doncella.

Con un movimiento rápido la doncella hirió a la princesa.

La princesa se dio cuenta que en cualquier momento la doncella podía eliminarla fácilmente. ¡Era urgente escabullirse de ahí!

La princesa decidió ir a la Gran Tenochtitlán.

Las heridas de la princesa eran serias. Usando tepezcohuite logró curarse.

La doncella tomó la poción que había preparado y mejoró rápidamente.

La doncella se reprochaba a sí misma la incoherencia de su conducta.

Fin.

STORY 20

A bad spirit took the eagle knight's soul, leading the eagle knight to get intensely jealous of the jaguar knight.

The eagle knight struck the jaguar knight furiously.

Enraged, the jaguar knight provoked and offended the eagle knight.

Quickly, the jaguar knight and the eagle knight were immersed in a fight.

Striking quickly, the eagle knight injured the jaguar knight.

The jaguar knight went to find some medicinal plants and cured himself.

Quickly, the eagle knight ran away towards the Popocatépetl volcano.

The end.

CUENTO 20

El caballero águila sintió una gran envidia por el caballero ocelote.

Al caballero águila le hirvió la sangre y se abalanzó hacia el caballero ocelote.

El caballero ocelote no se pudo contener y ofendió al caballero águila.

Repentinamente, el caballero ocelote y el caballero águila se enzarzaron en una dura riña.

Con gran fuerza, el caballero águila lesionó seriamente al caballero ocelote.

El caballero ocelote tomó la poción que había preparado y mejoró rápidamente.

Sin perder tiempo el caballero águila se escabulló hacia el Popocatépetl.

Fin.

AFTERWORD

The first version of MEXICA came to light 20 years ago. From the beginning the system produced controversy. There were those who thought it invalid and those who expressed their admiration and respect. So, the two-decade journey of this automatic storyteller has been full of challenges. That is why I am so happy to celebrate its anniversary with the publication of this book.

MEXICA generates the plots of stories about the Mexicas, the ancient inhabitants of the valley of México. The system does not work with natural language, that is, with the language that you and I speak; with the help of previously defined phrases, which can be easily modified, the program develops sequences of events that are interesting, coherent and novel. The objective behind this project is to construct a tool that contributes to the understanding of creative writing. Through this computational model I try to get answers to questions like: what are the processes involved in creative writing? How do we associate novel ideas during the generation of arguments? How do we evaluate a story? Among others.

MEXICA has its "very own" style. Its chronicles are concise; sometimes the reader must intuit, or even construct, the missing information so that the narrative has a full meaning. Although the system is able to generate texts with relatively varied themes, their descriptions and vocabulary are framed within a rigid format that sometimes produces a certain monotony. In this way, although the extent of the stories it generates is short, its reading regularly demands concentration. All of this allows the reader to live an unconventional experience. Perhaps one day these types of stories will be recognized as belonging to MEXICA's style.

Here I explain the main features of the system and present an example that illustrates how a narrative is generated.

The ER Model and MEXICA

The creative process consists of a continuous interplay between two states called engagement and reflection (see Sharples 1999). During engagement the writer occupies all his or her resources in automatically generating sequences of events that progress the plot; the typical example that illustrates this phenomenon is daydreaming, where ideas simply come into our heads. During reflection the author pauses to evaluate and, where necessary, modify the material produced up to that point. As a result of this assessment, a series of rules are established that condition the generation of new material during engagement. The author then returns to the production of ideas and the cycle continues. In this way, the constant interplay between engagement and reflection gives rise to the creation of new narratives.

Taking these ideas as a starting point, the project I describe here includes the construction of the Engagement-Reflection Computational Model as well as its implementation in a computer system called MEXICA. The program uses a database that is built from "Example-Stories" and which represents the experience of the agent. In the following lines, I describe the main features of both the computational model and the computer's story development.

In this work a story is defined as a sequence of actions. An action aims to establish emotional relationships and conflicts between characters. Examples of emotional relationships are: the princess loves the warrior; the jaguar knight hates the enemy; the tlatoani despises the slave, among others. Examples of conflicts are: the lady's life is in danger; the warrior is wounded, among others. Thus, the consequences of "the warrior took his dagger and threatened the knight" are: the life of the knight is in danger (a tension) and the knight hates the warrior (an emotional link). Each time an action is executed, the program adds, eliminates, or modifies emotional relationships or conflicts between the characters. This information is recorded in a structure called Story-Context.

In addition to the Example-Stories, the database has different diverse Story-Contexts that are associated with logical actions to execute. For example, the system records that when the jaguar knight is in love with the princess (a context with one emotional link), it is logical to bring her a bouquet of flowers, to invite her for a romantic dinner, or to meet with her family (three possible logical actions to execute). In the same way, if the knight is injured (a context with one conflict), a reasonable event to continue the story is that the princess heals him or the knight dies (two possible logical actions to execute). In this way, if the database contains enough information MEXICA will be able to deal with various situations during the development of a new narrative.

The program composes original stories through engagement-reflection cycles (ER cycles). During engagement an initial event is executed whose consequences give rise to a first story context. This context is used to search the database for a situation identical or similar to the current one. Once it is found, the agent selects at random one of the associated actions, executes it, and then updates the story context. This process is repeated several times. The engagement terminates after a sequence of three events has been generated (this number is a modifiable parameter), or when the system is not able to match the current context to any structure in memory and therefore an impasse is declared (that is, MEXICA cannot find a way to continue the story).

During reflection:

1) All events are justified. For example, if the story in progress includes "The princess heals the jaguar knight" this process verifies that the knight was previously injured or had become ill. When an event is not justified, the agent inserts one or more facts that explain the reason for that situation; for this example, the action "jaguar knight fell into a ravine" is included to explain why the character must be healed.

2) The novelty and interest of the story in progress is evaluated. A narrative is novel when it does not resemble the information stored in its database; a story is interesting when the plot includes conflicts that are later resolved. When the program detects that the story is not novel enough, it activates a rule that dictates that during engagement only rarely used actions can be selected. In the same way, if the narrative in progress is boring (there are no conflicts), a rule is activated that dictates that during engagement actions to increase conflicts should be selected. During the next ER

cycle these norms are updated according to the new circumstances of the narrative.

3) An impasse is broken. When an impasse occurs MEXICA searches in its database for situations similar to those that gave rise to the problem and tries to use the same actions that were used previously to solve the current blockade.

The program then returns to engagement and the cycle continues. A story ends when it meets the traditional structure of narrative (introduction, development, climax, and resolution), when it reaches a limiting length, or when an impasse occurs that the system is not able to solve. Next, MEXICA analyzes the story with the goal of resolving any active conflicts between characters and of making explicit some of the emotional relationships that arise throughout the story. This process is intended to give greater coherence and clarity to the final product. Finally, the system carries out a self-evaluation exercise where it qualifies its own story and produces a report with the results.

Example of the Development of a Narrative

The following lines describe the steps followed by MEXICA to develop Story 19. As will be seen below, the story is not created in the order in which it is presented to the reader. As the plot progresses, the program inserts events wherever they are needed. In this example, the number at the beginning of each statement indicates the moment each action arises.

Step 1. The narrative begins with an initial action chosen at random:

0. Enraged, the lady provoked and offended the princess.

Step 2. During engagement, the sequence of actions 1 and 2 is generated: the princess insults the lady and the lady threatens the princess. At that time the system does not know how to continue the story so an impasse occurs.

Engagement

0. Enraged, the lady provoked and offended the princess.

1. The princess was angry and insulted the lady.

2. The lady threatened the princess with a dagger. She hid in the Popocatépetl volcan.

Step 3. Reflection is activated. The first thing the agent does is to introduce the princess and the lady in the narrative through actions 3 and 4 (this is a requirement that is used to solve some technical issues). The system then notes that it is necessary to explain why the lady insulted the princess. To do this, it enters action 5 where the princess rejects the lady. Now, this new situation requires, in turn, to be justified. That is why the agent inserts the event 6 where the lady falls in love with the princess so that it makes sense that the princess may later reject her love.

Reflection

3. The princess was a proud native of the Great Tenochtitlán City.

4. The lady opened her eyes while Tonatiuh, the god of the sun, started to cross the blue sky.

6. The princess enchanted the lady with her personality. Sadly, she enjoyed belittling the lady.

5. The princess did not love the lady in the same way she did. The lady felt frustrated!

0. Enraged, the lady provoked and offended the princess.

1. The princess was angry and insulted the lady.

2. The lady threatened the princess with a dagger. She hide in the Popocatépetl volcano.

Step 4. MEXICA returns to engagement and produces the sequence of events 7, 8 and 9.

Engagement

3. The princess was a proud native of the Great Tenochtitlán City.

4. The lady opened her eyes while Tonatiuh, the god of the sun, started to cross the blue sky.

6. The princess enchanted the lady with her personality. Sadly, she enjoyed belittling the lady.

5. The princess did not love the lady in the same way she did. The lady felt frustrated!

0. Enraged, the lady provoked and offended the princess.

1. The princess was angry and insulted the lady.

2. The lady threatened the princess with a dagger. She hide in the Popocatépetl volcano.

7. The lady observed the princess carefully. Then, she attacked her.

8. Quickly, the princess and the lady were immersed in a fight.

9. With all her strength, the princess hurt the lady.

Step 5. The system changes to reflection and realizes that, because the princess hid in Popocatépetl as a result of action 2, the characters are currently in different places. To solve this problem, the agent inserts action 10 which again places both characters in the same location and, therefore, they can interact.

Reflection

3. The princess was a proud native of the Great Tenochtitlán City.

4. The lady opened her eyes while Tonatiuh, the god of the sun, started to cross the blue sky.

6. The princess enchanted the lady with her personality. Sadly, she enjoyed belittling the lady.

5. The princess did not love the lady in the same way she did. The lady felt frustrated!

0. Enraged, the lady provoked and offended the princess.

1. The princess was angry and insulted the lady.

2. The lady threatened the princess with a dagger. She hide in the Popocatépetl volcano.

10. The lady decided to go to the Popocatépetl volcano.

7. The lady observed the princess carefully. Then, she attacked her.

8. Quickly, the princess and the lady were immersed in a fight.

9. With all her strength, the princess hurt the lady.

Step 6. The system returns to engagement and generates the sequence of actions 11 to 13.

3. The princess was a proud native of the Great Tenochtitlán City.

4. The lady opened her eyes while Tonatiuh, the god of the sun, started to cross the blue sky.

6. The princess enchanted the lady with her personality. Sadly, she enjoyed belittling the lady.

5. The princess did not love the lady in the same way she did. The lady felt frustrated!

0. Enraged, the lady provoked and offended the princess.

1. The princess was angry and insulted the lady.

2. The lady threatened the princess with a dagger. She hide in the Popocatépetl volcano.

10. The lady decided to go to the Popocatépetl volcano.

7. The lady observed the princess carefully. Then, she attacked her.

8. Quickly, the princess and the lady were immersed in a fight.

9. With all her strength, the princess hurt the lady.

11. Striking quickly, the lady injured the princess.

12. The princess used tepezcohuite, the magic plant, to cure her injuries.

13. The lady treated her own injuries.

Step 7. MEXICA returns to reflection, evaluates the story in progress and determines that the story is finished.

Step 8. The system then carries out two final processes. The first ensures that all conflicts are resolved. In this example, the agent detects that, at the end of the story, the life of the princess and the lady are in danger given the animosity they feel for each other. The system decides to resolve the conflict by separating them. To do this it inserts the action 14 that sends the princess to the city of Tenochtitlán. In order to make explicit to the reader the reason for this movement, it inserts action 15 where it becomes clear that the life of the princess is in danger. Then, once all conflicts are resolved, action 16 is inserted to indicate the end of the narrative.

The second process consists in making explicit those clashing emotions between two characters, or those that a character has with himself. To do this, the system inserts actions 17, 18 and 19.

Final processes

3. The princess was a proud native of the Great Tenochtitlán City.

4. The lady opened her eyes while Tonatiuh, the god of the sun, started to cross the blue sky.

6. The princess enchanted the lady with her personality. Sadly, she enjoyed belittling the lady.

17. The lady felt passion and odium towards the princess.

5. The princess did not love the lady in the same way she did. The lady felt frustrated!

18. Clearly, the lady did not expect the princess' behavior.

0. Enraged, the lady provoked and offended the princess.

1. The princess was angry and insulted the lady.

2. The lady threatened the princess with a dagger. She hide in the Popocatépetl volcano.

10. The lady decided to go to the Popocatépetl volcano.

7. The lady observed the princess carefully. Then, she attacked her.

8. Quickly, the princess and the lady were immersed in a fight.

9. With all her strength, the princess hurt the lady.

11. Striking quickly, the lady injured the princess.

15. The princess knew that the lady could kill her, so she decided to run away.

14. The princess decided to go to the Great Tenochtitlán City.

12. The princess used tepezcohuite, the magic plant, to cure her injuries.

13. The lady treated her own injuries.

19. The lady was confused and was not sure if what she had done was right.

16. The end.

Step 9. Next, MEXICA evaluates its own narrative and produces the following report:

General remarks

The narrative opens with an introduction where each event clearly connects to the next one and works as a foundation for the rest of the tale; it starts when "The princess was a proud native of the Great Tenochtitlán City" and ends when "Striking quickly, the lady injured the princess."

From then onwards, the narrative describes 3 different situations until it reaches the end. Can you identify them?

The following actions:

"The princess enchanted the lady with her personality. Sadly, she enjoyed belittling the lady"

"The princess did not love the lady in the same way she did. The lady felt frustrated!" play an important part during the unraveling of the tale.

The storyline inevitably takes our attention towards "Quickly, the princess and the lady were immersed in a fight."

The tale reaches its climax in the scene where "Striking quickly, the lady injured the princess."

Evaluation

This narrative is a good effort that needs to be improved.

Here are some comments about this work.

COHERENCE

The story is very logical; all actions are nicely integrated and form a coherent unit.

The opening is good.

It has a clear closure where all conflicts are worked out. Nice!

INTERESTINGNESS

The text has a good introduction.

The story reaches a nice climax with a good amount of tension.

The enjoyable closure of the story allows the reader to connect nicely with the plot.

NOVELTY

The story would benefit from some unexpected twists. It is necessary to improve this aspect.

Based on these comments the assessment of the story is 79/100

MEXICA concludes that this story bears certain resemblance to some that it stores in its database. For this reason it decrements the final score of this narrative. To be concrete, the first three stories in this book were assessed by MEXICA with scores of 100, 90, and 74, each out of a possible 100.

Those interested in delving into the details of the program can consult the references provided at the end of this volume. I invite the reader to be enveloped by the texts below. Hopefully they will provoke in you new ways of thinking about that wonderful phenomenon called creative writing.

Rafael Pérez y Pérez
México City
April 2017

EPILOGO

La primera versión de MEXICA vio la luz hace 20 años. Desde un inicio el sistema produjo polémica. Hubo desde quienes lo descalificaron hasta aquellos que manifestaron su admiración y respeto por él. Así, el viaje de dos décadas de este cuentista automático ha estado lleno de desafíos. Por ello, me siento feliz de celebrar su aniversario con la publicación de este libro.

MEXICA genera tramas de historias acerca de los mexicas, los antiguos habitantes del valle de México. El sistema no trabaja con lenguaje natural, es decir, con el idioma que usted y yo hablamos. Con la ayuda de frases previamente definidas, las cuales pueden ser alteradas fácilmente, el programa desarrolla secuencias de eventos que son interesantes, coherentes y novedosas. El objetivo de este proyecto es construir una herramienta que contribuya a la comprensión de la escritura creativa. A través de este modelo computacional intento obtener respuestas a preguntas como: ¿cuáles son los procesos involucrados en la escritura creativa?; ¿cómo asociamos ideas novedosas durante la generación de argumentos?; ¿cómo evaluamos una historia?; entre otras.

MEXICA tiene un estilo "muy propio". Sus crónicas son concisas; algunas veces el lector debe intuir, o inclusive construir, la información faltante para que la narrativa tenga un sentido pleno. Aunque el sistema es capaz de generar textos con temáticas relativamente variadas, sus descripciones y vocabulario se enmarcan dentro de un formato rígido que algunas veces produce cierta monotonía. De esta manera, aunque la extensión de los cuentos que genera es corta, regularmente su lectura demanda concentración. Todo ello permite al lector vivir una experiencia fuera de lo convencional. Quizá algún día se reconozca este tipo de relatos como pertenecientes al estilo MEXICA.

A continuación explico las características principales del sistema y presento un ejemplo que ilustra cómo se genera una narrativa.

El Modelo ER y MEXICA

El proceso creativo consiste en un continuo ir y venir entre dos estados llamados *engagement* (Estado E) y *reflection* (Estado R) (ver Sharples 1999). Durante el Estado E el escritor ocupa todos sus recursos en generar, de manera automática, secuencias de eventos que van propulsando la trama; el típico ejemplo que ilustra este fenómeno es el soñar despierto, donde las ideas simplemente llegan a nuestra cabeza. Durante el Estado R el autor hace una pausa para evaluar y, cuando es necesario, modificar el material producido hasta ese momento. Como resultado de dicha valoración se establecen una serie de normas que condicionan la producción de nuevo material durante el Estado E. A continuación, el autor vuelve a la producción de ideas y el ciclo continua. De esta manera, el constante ir y venir entre los Estados E y R da origen a la creación de nuevas narrativas.

Tomando estas ideas como punto de partida, el proyecto que aquí se describe incluye la construcción del Modelo Computacional ER así como el de su implementación en un sistema informático llamado MEXICA. El programa emplea una base de datos que se forma a partir de "historias ejemplo" y la cual representa la "experiencia" del agente. A continuación describo las principales características tanto del modelo computacional como del desarrollo informático.

En este trabajo un cuento se define como una secuencia de acciones. Una acción tiene como objetivo establecer relaciones emocionales y conflictos entre los personajes. Ejemplos de relaciones emocionales son: la princesa ama al guerrero; el caballero ocelote odia al enemigo; el tlatoani desprecia al esclavo; entre otros. Ejemplos de conflictos son: la vida de la doncella está en peligro; el guerrero está herido; entre otros. Así, las consecuencias de "el guerreo tomó su puñal y amenazó al caballero" son: la vida del caballero está en peligro (una tensión) y el caballero odia al guerrero (una liga emocional). Sintetizando, cada vez que se ejecuta una acción se adiciona, elimina o modifica las relaciones emocionales o conflictos entre los personajes. Esta información se registra en una estructura llamada Contexto de la historia.

Además de las historias ejemplo, la base de datos está integrada por diversos contextos de historias los cuales están asociados a acciones lógicas a ejecutar. Por ejemplo, el sistema registra que cuando el caballero ocelote está enamorado de la princesa (contexto con una liga emocional), es lógico llevarle un ramo de flores, invitarla a una cena romántica, o conocer a su familia (tres posibles acciones lógicas a ejecutar); de la misma manera, si el caballero está herido (contexto con un conflicto), un acontecimiento razonable para continuar el relato es que la princesa lo cure o que el caballero muera (dos posibles acciones lógicas a ejecutar). De esta manera, si la base de datos contiene suficiente información MEXICA será capaz de lidiar con diversas situaciones durante el desarrollo de una nueva narrativa.

El programa compone historias originales a través de ciclos ER. Durante el Estado E se ejecuta un acontecimiento inicial cuyas consecuencias dan origen a un primer contexto. Dicho contexto se emplea para buscar en la base de datos una situación idéntica o similar a la actual. Una vez que se encuentra, se selecciona al azar una de las acciones asociadas, se ejecuta y se actualiza el contexto de la historia. Este proceso se repite varias veces. El estado E termina después de que se ha generado una sucesión de tres eventos (este número es un parámetro modificable), o cuando el sistema no es capaz de relacionar el contexto actual con alguna estructura en memoria y por lo tanto se declara un "bloqueo" (es decir, a MEXICA no se le "ocurre" cómo continuar la historia). A continuación se cambia al Estado R.

Durante el Estado R:

1) Se revisa que todos los acontecimientos generados durante el Estado E estén justificados. Por ejemplo, si el cuento en desarrollo incluye "la princesa cura al caballero ocelote", este proceso verifica que anteriormente el caballero haya sido herido o se haya enfermado. Cuando algún evento no está justificado, se insertan uno o varios hechos que expliquen el porqué de dicha situación; para este ejemplo, se incluye la acción "el caballero ocelote cayó en un barranco" para explicar por qué el personaje debe ser curado.

2) Se evalúa la novedad e interés de la historia en progreso. Una narrativa es novedosa cuando ésta no se parece a la información que se tiene almacenada en la base de datos; una historia es

interesante cuando la trama incluye conflictos que posteriormente son resueltos. Cuando el programa detecta que la historia no es lo suficientemente novedosa activa una regla que dicta que durante el Estado E sólo se podrán seleccionar acciones escasamente usadas con anterioridad. De la misma manera, si la narrativa en progreso es aburrida (no hay conflictos), se activa una regla que dicta que durante el Estado E se deben seleccionar acciones que aumenten los conflictos. Durante el siguiente ciclo estas normas son actualizadas de acuerdo a las nuevas circunstancias de la narrativa.

3) Se soluciona el bloqueo. Cuando ocurre un bloqueo MEXICA busca en su base de datos situaciones similares a las que dieron origen al problema y trata de utilizar las mismas acciones que se emplearon anteriormente para solucionar el actual bloqueo.

A continuación, el programa regresa al Estado E y el ciclo continúa. Una historia se da por terminada cuando cumple con la estructura tradicional de la narrativa (hay una introducción, desarrollo, clímax y resolución), cuando alcanza una longitud límite o cuando ocurre un bloqueo que el sistema no es capaz resolver. Enseguida, MEXICA analiza el cuento con el objetivo de resolver cualquier conflicto activo entre los personajes y de hacer explícitas algunas de las relaciones emocionales que surgen a lo largo del relato. Con ello se pretende darle mayor coherencia y claridad al producto final. Por último, el sistema lleva a cabo un ejercicio de autoevaluación donde califica su propia historia y produce un reporte con los resultados.

Ejemplo del desarrollo de una narrativa.

Las siguientes líneas describen los pasos seguidos por MEXICA para desarrollar el cuento 19. Como se verá a continuación, el relato no se crea en el orden en que es presentado al lector. A medida que progresa la trama el programa inserta eventos en cualquier lugar donde sea necesario. En este ejemplo, el número al inicio de cada enunciado indica el momento en que surge cada acción.

Paso 1. La narrativa inicia con una acción inicial escogida al azar:

0. Irritada, la doncella insultó a la princesa.

Paso 2. A continuación, durante el Estado E se genera la secuencia de acciones 1 y 2: la princesa insulta a la doncella y la doncella amenaza a la princesa. En ese momento el sistema no sabe cómo continuar la historia por lo que se produce un bloqueo.

Estado E

0. Irritada, la doncella insultó a la princesa.

1. La princesa se sintió encolerizada hacia la doncella y la insultó.

2. La doncella se acercó a la princesa y la amenazó con una daga. La princesa decidió esconderse por un tiempo en el Popocatépetl.

Paso 3. Se activa el Estado R. Lo primero que hace el agente es introducir en la narrativa a la princesa y a la doncella por medio de las acciones 3 y 4 (éste es un requisito que se emplea para resolver algunas cuestiones técnicas). En seguida, el sistema nota que es necesario explicar por qué la doncella insultó a la princesa. Para ello, introduce la acción 5 donde la princesa rechaza a la doncella. Ahora bien, esta nueva situación requiere a su vez ser justificada. Por ello inserta el evento 6 donde la doncella se enamora de la princesa para que, de esta manera, tenga sentido que posteriormente ésta pueda rechazar su amor.

Estado R

3. Aquella mañana, mientras la Gran Ciudad de Tenochtitlán volvía a la vida, la princesa contemplaba su grandeza.

4. Aquel día la doncella se sentía llena de energía.

6. La doncella se sentía deslumbrada por la princesa. Sin embargo, ella trataba despectivamente a la doncella.

5. La doncella no podía aceptar que la princesa no le correspondiera a su amor.

0. Irritada, la doncella insultó a la princesa.

1. La princesa se sintió encolerizada hacia la doncella y la insultó.

2. La doncella se acercó a la princesa y la amenazó con una daga. La princesa decidió esconderse por un tiempo en el Popocatépetl.

Paso 4. En seguida MEXICA regresa al Estado E y produce la secuencia de eventos 7, 8 y 9.

Estado E

3. Aquella mañana, mientras la Gran Ciudad de Tenochtitlán volvía a la vida, la princesa contemplaba su grandeza.

4. Aquel día la doncella se sentía llena de energía.

6. La doncella se sentía deslumbrada por la princesa. Sin embargo, ella trataba despectivamente a la doncella.

5. La doncella no podía aceptar que la princesa no le correspondiera a su amor.

0. Irritada, la doncella insultó a la princesa.

1. La princesa se sintió encolerizada hacia la doncella y la insultó.

2. La doncella se acercó a la princesa y la amenazó con una daga. La princesa decidió esconderse por un tiempo en el Popocatépetl.

7. La doncella arremetió contra la princesa.

8. De repente, la princesa y la doncella comenzaron a pelearse.

9. Decidida, la princesa tomó una piedra grande y descalabró a la doncella.

Paso 5. A continuación el sistema cambia al Estado R y se da cuenta que, dado que la princesa se escondió en el Popocatépetl como resultado de la acción 2, actualmente los personajes se encuentran en diferentes sitios. Para resolver esta problemática el agente inserta la acción 10 la cual coloca nuevamente a ambos personajes en la misma localidad y, por lo tanto, pueden interactuar.

Estado R

3. Aquella mañana, mientras la Gran Ciudad de Tenochtitlán volvía a la vida, la princesa contemplaba su grandeza.

4. Aquel día la doncella se sentía llena de energía.

6. La doncella se sentía deslumbrada por la princesa. Sin embargo, ella trataba despectivamente a la doncella.

5. La doncella no podía aceptar que la princesa no le correspondiera a su amor.

0. Irritada, la doncella insultó a la princesa.

1. La princesa se sintió encolerizada hacia la doncella y la insultó.

2. La doncella se acercó a la princesa y la amenazó con una daga. La princesa decidió esconderse por un tiempo en el Popocatépetl.

10. La doncella decidió partir rumbo al Popocatépetl.

7. La doncella arremetió contra la princesa.

8. De repente, la princesa y la doncella comenzaron a pelearse.

9. Decidida, la princesa tomó una piedra grande y descalabró a la doncella.

Paso 6. El sistema regresa al Estado E y genera la secuencia de acciones 11 a 13.

Estado E

3. Aquella mañana, mientras la Gran Ciudad de Tenochtitlán volvía a la vida, la princesa contemplaba su grandeza.

4. Aquel día la doncella se sentía llena de energía.

6. La doncella se sentía deslumbrada por la princesa. Sin embargo, ella trataba despectivamente a la doncella.

5. La doncella no podía aceptar que la princesa no le correspondiera a su amor.

0. Irritada, la doncella insultó a la princesa.

1. La princesa se sintió encolerizada hacia la doncella y la insultó.

2. La doncella se acercó a la princesa y la amenazó con una daga. La princesa decidió esconderse por un tiempo en el Popocatépetl.

10. La doncella decidió partir rumbo al Popocatépetl.

7. La doncella arremetió contra la princesa.

8. De repente, la princesa y la doncella comenzaron a pelearse.

9. Decidida, la princesa tomó una piedra grande y descalabró a la doncella.

11. Con un movimiento rápido la doncella hirió a la princesa.

12. Las heridas de la princesa eran serias. Usando tepezcohuite logró curarse.

13. La doncella tomó la poción que había preparado y mejoró rápidamente.

Paso 7. MEXICA regresa al Estado R, evalúa la historia en progreso y determina que el cuento está terminado.

Paso 8. A continuación, el sistema lleva a cabo dos procesos finales. El primero se asegura de que todos los conflictos estén resueltos. En este ejemplo, el agente detecta que al final del cuento tanto la vida de la princesa como de la doncella corren peligro dada la animadversión que sienten la una por la otra. El sistema decide resolver el conflicto separándolas. Para ello inserta la acción 14 donde envía a la princesa a la ciudad de Tenochtitlán. Con el fin de hacer explícita al lector la razón de este movimiento, se inserta la acción 15 donde se pone de manifiesto que la vida de la princesa está en peligro. A continuación, una vez resueltos todos los conflictos, se inserta la acción 16 para indicar el fin de la narrativa.

El segundo proceso consiste en hacer explícitas aquellas emociones conflictivas entre dos personajes, o las de un personaje consigo mismo. Para ello el sistema inserta las acciones 17, 18 y 19.

Procesos finales

3. Aquella mañana, mientras la Gran Ciudad de Tenochtitlán volvía a la vida, la princesa contemplaba su grandeza.

4. Aquel día la doncella se sentía llena de energía.

6. La doncella se sentía deslumbrada por la princesa. Sin embargo, ella trataba despectivamente a la doncella.

17. La doncella sentía pasión y rencor por la princesa.

5. La doncella no podía aceptar que la princesa no le correspondiera a su amor.

18. La doncella simplemente no podía entender lo que le ocurría a la princesa.

0. Irritada, la doncella insultó a la princesa.

1. La princesa se sintió encolerizada hacia la doncella y la insultó.

2. La doncella se acercó a la princesa y la amenazó con una daga. La princesa decidió esconderse por un tiempo en el Popocatépetl.

10. La doncella decidió partir rumbo al Popocatépetl.

7. La doncella arremetió contra la princesa.

8. De repente, la princesa y la doncella comenzaron a pelearse.

9. Decidida, la princesa tomó una piedra grande y descalabró a la doncella.

11. Con un movimiento rápido la doncella hirió a la princesa.

15. La princesa se dio cuenta que en cualquier momento la doncella podía eliminarla fácilmente. ¡Era urgente escabullirse de ahí!

14. La princesa decidió ir a la Gran Tenochtitlán.

12. Las heridas de la princesa eran serias. Usando tepezcohuite logró curarse.

13. La doncella tomó la poción que había preparado y mejoró rápidamente.

19. La doncella se reprochaba a sí misma la incoherencia de su conducta.

16. Fin

Paso 9. A continuación MEXICA evalúa su propia historia y produce el siguiente reporte:

Observaciones generales

La narrativa abre con una introducción donde cada suceso claramente se encadena con el siguiente y que sirve de fundamento para construir el resto de la historia; comienza con "Aquella mañana, mientras la Gran Ciudad de Tenochtitlán volvía a la vida, la princesa contemplaba su grandeza" y termina cuando "Con un movimiento rápido la doncella hirió a la princesa".

A partir de ese momento la narrativa describe 3 situaciones diferentes hasta que llega al final. ¿Las puedes reconocer?

Las acciones:

"La doncella se sentía deslumbrada por la princesa. Sin embargo, ella trataba despectivamente a la doncella".

"La doncella no podía aceptar que la princesa no le correspondiera a su amor" juegan un papel relevante para el desarrollo de la narrativa.

La trama irremediablemente lleva nuestra atención hacia "De repente, la princesa y la doncella comenzaron a pelearse".

El relato alcanza su punto culminante en la escena donde "Con un movimiento rápido la doncella hirió a la princesa".

Evaluación

La narrativa requiere ser mejorada.

A continuación algunos comentarios.

Coherencia.

La historia es lógica; todas las acciones se integran formando una unidad coherente.

El inicio es bueno.

Al final todos los conflictos se resuelven. ¡Bien!

Interés

El texto incluye una buena introducción.

La tensión en la historia va creciendo hasta alcanzar un clímax satisfactorio.

El adecuado final hace que el lector se conecte adecuadamente con la historia.

Novedad.

Esta historia se beneficiaría con algunos giros inesperados. Es necesario trabajar este aspecto.

Con base en estos comentarios la evaluación de la historia es 79/100

MEXICA concluye que esta historia tiene cierto parecido con algunas de las que almacena en su base de datos. Por ello resta algunos puntos la calificación final de este cuento. En concreto, los tres primeros relatos en este libro fueron evaluados por MEXICA con calificaciones de 100, 90 y 74 respectivamente, sobre un total de 100.

Aquellos interesados en profundizar en los detalles del programa pueden consultar las referencias que se proporcionan al final de este volumen. Invito al lector a dejarse envolver por los textos que a continuación encontrará. Ojalá y ellos provoquen en usted nuevas formas de pensar acerca de ese maravilloso fenómeno llamado escritura creativa.

Rafael Pérez y Pérez
Ciudad de México
Abril de 2017

REFERENCES/REFERENCIAS

Pérez y Pérez R. (in press). *Representing Social Common Sense Knowledge in MEXICA*. In T. Veale and A. Cardoso (eds.) *Computational Creativity: The Philosophy and Engineering of Autonomously Creative Systems*, Springer.

Pérez y Pérez R. (2015). *MEXICA-impro: Generación automática de narrativas colectivas*. En R. Pérez y Pérez (ed.) *Creatividad Computacional*, UAM-Cuajimalpa-Patria, pp. 95–110.

Pérez y Pérez, R. (2015). *A Computer-based Model for Collaborative Narrative Generation. Cognitive Systems Research*, Vols. 36–37, p. 30–48 (*http://dx.doi.org/10.1016/j.cogsys.2015.06.002*)

Pérez y Pérez R. (2015). *From MEXICA to MEXICA-Impro: The Evolution of a Computer Model for Plot Generation*. In T.R. Besold, M. Schorlemmer, A. Smaill (eds.), *Computational Creativity Research: Towards Creative Machines*, Atlantis Press, pp. 267–284. DOI 10.2991/978–94–6239–085–0.

Pérez y Pérez, R. (2014). *The Three Layers Evaluation Model for Computer-Generated Plots*. In *Proceedings of the Fifth International Conference on Computational Creativity*, Ljubljana, Slovenia, pp. 220–229. (*http://computationalcreativity.net/iccc2014/proceedings/*).

Pérez y Pérez, R. (2007). *Employing Emotions to Drive Plot Generation in a Computer-Based Storyteller. Cognitive Systems Research.* Vol. 8, number 2, pp. 89–109.

Pérez y Pérez, R. & Sharples, M. (2004). "Three Computer-Based Models of Storytelling: BRUTUS, MINSTREL and MEXICA." *Knowledge Based Systems Journal*, Vol. 17, number 1, pp. 15–29.

Pérez y Pérez, R. & Sharples, M. (2001) "MEXICA: a computer model of a cognitive account of creative writing." *Journal of Experimental and Theoretical Artificial Intelligence.* Vol. 13, number 2, pp. 119–139 (doi: 10.1080/09528130118867)

Sharples, M. (1999). *How we write? Writing as creative design.* London: Routledge